都是好的

田永刚 ◎ 著

春风文艺出版社
·沈阳·

图书在版编目（CIP）数据

都是好的/田永刚著. --沈阳：春风文艺出版社，
2025.1.--ISBN 978-7-5313-6812-0

Ⅰ．I227

中国国家版本馆CIP数据核字第20246VC213号

春风文艺出版社出版发行

沈阳市和平区十一纬路25号　邮编：110003

辽宁新华印务有限公司印刷

责任编辑：周珊伊　　　　　　　责任校对：赵丹彤
封面设计：鼎籍文化　刘萍萍　　幅面尺寸：130mm × 203mm
字　　数：146千字　　　　　　印　　张：7.75
版　　次：2025年1月第1版　　印　　次：2025年1月第1次
书　　号：ISBN 978-7-5313-6812-0
定　　价：55.00元

目 录

第一辑 望 山

第二辑　长流水

第三辑　知今日

第四辑　夜与夜

第五辑　沉影之心

第一辑

望　山

对 谈

山顶的黄昏，还是有别于山下的

一个孩子爬上来，就长大了

他看得出高低、远近

能面对空荡的山谷和无垠之地

静静地坐下来

如果你在山顶遇见

那个观落日的背影

可以走上前聊上几句

命运煮酒，晚霞作餐

几声晚归的鸟鸣作曲

轻风能承担起种种无言之痛

待谈到了小城、街巷和前日灯火

最先说起梦境的人

一定也愿意傍山而居

那时候，人间已老，草木枯黄

而此刻，谈兴将尽，夜幕笼罩

登高之人，已没什么放不下的

一个人和一座山

自从搬到这里

窗前这座山

就成了我眺望的目标

黄昏时滚动落日

夜深了就挂起月亮

晨起还能被一对鸟翅拍打

待风雨来时

就做一幅滴水的油画

有多少个无意的瞬间啊

一个人和一座山

像仙，拥有了一句诗的语言

有多少个无意的瞬间啊

一个人面对一座山

像爱，遇到了起点

山中趣

它们为团伙林立的人间，留下定语和量词

它们为困苦低俗的尘世，留下征服和归隐

它们有李白的飞流，有杜甫的昏晓

它们有白居易的卖炭翁，还有王维的鸟鸣涧

在攀登的路上，我们吟诵历史的遗风

风吹流云，云雨潇潇

亭台处，且再吃一杯清酒

回首间，多是相似的爱恨离愁

多有死不悔改的凡人和觅地而葬的诉求

在山中

既然已身在山中，索性多留几重迷障

清醒是一件容易让人脆弱的事情

还是模糊些，每天看得更近一点

这样，那些能让人困扰的事物里

可以删去远方，只余下诗

如果诗也在山中，得记得每天问好

读它、唱它、赞美它，适当的时候

加上云雨、雾露、清风和画外之音

那些孤独的无助的徒劳的彷徨的字词

需要群居，需要交往，需要安慰与陪伴

这样，那些风花雪月的事情

才能称为迷障，痴缠我们了了的一生

人与山

它们常常这样

以青黛之色、剪影轮廓和崎岖之路

敷疗我们的空寂之心

以浮云、落日和阔谷

流散我们的胸中块垒

凭借处，以人为峰

所以岁首逢人皆神气

所以一人一山谓之仙

而我们常常这样

喻以父爱与勇气、屏障与阻隔

入红尘叫出山，离俗世叫隐遁

或身在其中，或力拔重鼎，却不识真面

想起了它，就想起了爱时立下的誓言

想起了它，就想起了垒土的日子和

那些难觅的知音

下 山

一整天，团团流云都展示出

雨后的样子。快速游走

一点一点，露出瓦蓝的天空

再后来，我们于大风中

目送黄昏与落日

并慢慢谈起一些相似的场景

下山是一件有所谓的事情

比起攀登，更容易让人

放下戒备，而那些因轻松

得以保留的气力，会像三碗清酒下肚

让人吐出尘封的真言

尤其是经历上述片段的夜幕后

山谷中的春天

一条碎石水流，七株开花的野山桃

满地枯枝落叶、几声鸟鸣和落日余晖

就是一个峡谷颇显拥挤的春天

春色藏不住，春意藏不住

几缕回旋的春风，也不带障眼法

如此招摇的美好，即便只多出一个人

即便那个人只是进来四处看看

仿佛一整个春天，便已经装在了心里

相较而言

在山上，突然想起林日朗

那个电影《误杀2》中的父亲

用萤火虫一样微弱的光

在黑暗中，给予旁观者明耀的力量

有多少时候，父爱沉重，如脚下这座

近似荒芜的孤山，只有站在峰顶

只有在夜幕笼罩大地，离星辰最近的时候

可以感受到山风凛冽时的坚定与伟岸

让人忘记孤寂、悲凉。与点点光芒

隔空对望，人世渺渺，因厚重而清晰的部分

已超出了距离赋予的想象

沉默高柏山

一座山，遍历自己

时间让它沉默于天地

沉默是朔风里古老的信天游

信天游唱响的时候

风化的石头就变成了黄土

成了土就养命

哪怕让一条天赐之河

只是曾经流经山顶

哪怕最后一株古柏

被岁月伐走

但还能养杏树，养山丹丹

养遍高原上执着又风华的草木

万物都会懂它的沉默啊

沉默就是一座山，一动不动

却还能以一颗怀祖之心

为人间永葆辟道的精神

山之断想

他爱的寂寞是被众物放大的喧嚣
他爱的沉默是被草植缠绕的本色

他有四叶草、野山桃，有凌霄云、入地洞
他有不动之心，我有动人之美

大山之心

不是每座山里，都安葬了逝者

不是每座山里，都有参天巨木

不是每座山里，都能青水环绕

但提起群山、孤山，有名与无名之山

都愿意在脑海中具现险峰、苍柏、飞鹰

都想象着青葱延展、奇石古拙，云雾深处

一人摇桨，远远传来山歌之唱

是的，我们都愿意用美好的定式

固化一座无形之山，毕竟

每个人胸中，都有一颗大山之心

看一座山

不要记它的名字，青山最好无名
不要想它的典故，美好无须重复
在山脚，只仰看山尖，俯看花草
在山顶，只极目远眺，迎风轻语

当然，最好有陪坐一块顽石的良人
那些心里的事，事里的人物
多像山顶的流云，聚散无常
所以来了，就好好看一座山
看它八方不动，触人心弦
看它寂寂无声，大象有形
并在敞亮处，用一场无状的雾雨
给你看山是山的启示

百丈漈观瀑布

这是久坐的一天

让我留下来的
是一场大水的绝境
它将它走成了归途

让我倾心的
是观瀑亭外的水声
它一直大于内心里的
它们有同质的
流速和馈赠

想到这里，还应该有几行诗
用于纪念第一漈的邂逅
毕竟风不大
什么意外都没有发生

山上的雨

只有落下来的雨，才有远行的意义
只有能落下的雨，才是真正的惦记

它们湿落叶，也润新枝
在悲喜的路上，有足够的柔软

待我翻过这座清浅的春山
某些拖泥带水的事物
会随时间变得更为坦然

山与山

山顶那棵最高最壮的树

是一座无名山立给自己的无字碑

有多少年，一座孤山与另一座孤山

它们荒无人烟，守川相望

但有情难自禁

便在雨中滑向对方

它们有拖泥带水的爱

也有空山寂寂的情怀

有多少年，荆棘、草刺和藤蔓

曾一起阻挡一座山的抒情之路

只有流云和风知道

它们彼此相守也彼此阻挡

待有造访者远道而来

哪怕隔空打量

也认得出这无名的荒凉

也能赋其形

于文字之上

望 山

如果一座无人的深山
空有济世的小庙，该如何是好

倘若如此，在去往山顶的路上
一个和自己成群结队的人，该如何是好

而现在，春风舞动炊烟
大地弥漫肉食者的呓语和谎言

在山顶，和一株刺槐一起唱歌

穿过最后几棵山桃花树，就是平阔的山顶
黄昏中的落日，浩大中弥散出细微的感动
一株刺槐和即将到来的暮色一样深刻
站在它旁边的我，有另一种沉默
这种郁静的美，在轻荡的山风中
不是带来呼应，就是在引你歌唱

一只山鸟代我们做出选择，余晖遍地
时间不再惊扰，但回忆在声波中传递
你们知道的，这空旷到自由的山岭
有磊落的爱和恨，自带宽慰和安抚的情绪
脚边无人认领的落叶，草丛中泛青的枝叶
也能解读出另类的意义。群山之上
倾听是一种赞美，歌唱是另外一种

面山抒怀

一辈子那么多遗憾

有几个是因为分开

又有多少是因为倔强

面对一座入春的青山

如何才能放下我心中的空庙

这人间啊，执着与苦寂一样悲伤

这红尘啊，善变与遗忘一样荒芜

待我们循小道而来，云深处

当有能分层剥离的画像

当有合群的人，在路旁的老桐树下

大声说笑，流下欣慰的眼泪

乾坤湾黄河栈道

这些嵌在山体上的木片

裹以油漆、栏杆和图案

人们便叫它栈道

从山顶下行，每走一步

脚下便有暗藏玄机的触动

更多时候，还想轻吟几句

比如那首空怀之歌

比如那首思念之曲

随意地择上几行，念着念着

黄昏成了留白

万物成了影子

一条滔滔之河

成了不被倾诉的故事

坐山观落日

每到一座山顶

就想找块石头坐坐

这沉甸甸的事物

能给予肤感的底气、凉意和厚实

也能让我们更安静

而静坐中看向落日的时候

仿佛就是代这群山

拥抱一个回家的孩子

海纳百川

这块泛红的河石

被削掉了尖头的一面

然后刻上字，配了底座

最上面"海"字的起笔和落笔

以弧形将石面包容起来

之后的三个字，尽纳其中

而"川"字的最后一道

真成了一条入海之河

匠师涂字与红漆

后辗转置于我的书桌

这应当就是我们的缘分了吧

一块浪迹河岸的沉石

一个沉浮于文字的行者

它忍痛于身，献于案前

他纳石于心，流于恒河

第二辑

长流水

一场夜雨带星光而来

一场夜雨带星光而来

两千米内，无物无名无姓

唯一场场相思空落

两百米内，有鸟不栖枝

夜黑也不能包裹自由的翅膀

二十米内，借灯火悬浮

有心人当能想起半旧的往事

至两米处，可刺孤伞、双肩

碰触或有借形之处

一场夜雨带星光而来

戌时，风声还不能盖住喧嚣

宿醉的人已开始藏身于一对酒杯

亥时，窗前有了冥想者

漫漫长夜将不止于半卷经文

子时，尘世掩面

万物交出幽深的灵感

待卯时，沙沙雨歇

大地失去对立面

黎明开始用自己的光环

为虚构者将剩余的故事讲完

一条河流过它的故乡

这是一条被水遗忘的河道

春风、春花、春意

站满河的身体、尽头和两岸

但春天没有让它长出一朵水花

踩着空响的石头和尘沙

像踩着逝去者颤抖的肚皮和心脏

只是没有水

河也没有力气来理会

某些事物的繁华和

声响。此刻啊

我多想成为一滴长河的落水

当我脚踏实地，随波逐流

会向每一条旧河致意

感谢流水的日子

和冒出水面的水泡

我会像一条弯曲的新河

流过它深远的故乡

不用等光影西移

这每一个我、每一滴脱群的水

都会被万物关照过

无关的雨

夜雨突至，窗外的喧嚣

顿时被温润缓缓收走

听潇潇雨声，静自己的心房

恍惚间，仿佛已化身成一滴滴旧雨

掉落在昔日的街上

那时候，两个人挤在一个外套里避雨

也不会觉得空间的狭隘

那时候，我们还没有考虑到未来

没想到每遭遇一场无关的雨

就会空旷了世界

晚　雨

它是入夜后来的

慢慢越下越大，一滴和另外几滴

开始汇在一处，用更大的力气

敲打我帘遮的外窗

它们唤醒了我

让我回想起一条孤独的街

静默在不能描述的时间之外

我不能，也不想知道

细雨中，还有多少经风的人

在旷达的街头

撑一把比天空更黑的伞

走在回家的路上

他乡的雨

乌云和黄昏一起

告别。天黑了下来

走过长长的街巷

我依然还在这座城市里打转

他乡的雨落下来

总带着一丝云层不曾有的

凉意，这深深又浅浅的凉意

涌动着破碎又破碎的回忆

这时候，我能想到纸墨深处的离散

这时候，我该发出恍若隔世的呢喃

是的，这漫天的雨啊

飘在天上，还没有成为自己

落在地上，已是归乡的流水

唯有在下坠的时候

每一滴，才不会成为他物的一部分

雨 天

天上的水落下来

总是让人莫名地感叹

它们那么宏大

出场便要笼盖四野

它们又那么微小

只够一个人伤心

且那么密集

点滴与落雨

这场雨落下来的时候

护士取走了记录单、针头和药瓶

那一滴一滴续落的水

终于在空泛的窗外

流传开来

我继续静听

不同于针管里的单调

它们落在窗台、地上

散漫中有顿挫的节奏

这让我感受到水边的安宁

只是没有了氯化钾

互相的交融中

便少了一份加快痊愈的痛

深夜听雨

雨下了有半个月

我就听了半个月的雨声

尤其是晚上

夜深人不静

它带着星辰上的思念

重返人间

窃窃私语

敲我的窗，呼我的名

用漫天的水汽

拼凑着一个爱我的整体

午夜风雨敲窗

可能是别人家不能散去的苦楚

可能是白日里未尽的疑问

作为一个不礼貌的过客

我认真地看着它来

却并不想给一个走心的解答

树在摇晃，风和雨都在用力爱它

夜在闪光，雷鸣和内心都如此盲目

要是再有一颗不被云遮的星星多好

我们会很安静地行注目礼

再强烈的对流，都能卡出包容的尺度

可惜这漫漫长夜啊

总是给予一些，又保留一些

也不会提醒你它为什么拒绝

江上雨

七十分钟前

它已下过一场

遮阳、吹风

自带音效

但没有留下

一个拖延的结局

我猜它自己

也是突然起意

想给江水一次清洗

洗流水的现在和爱

洗两岸的沉默和未来

唯独留下跃水的鱼

我猜它也知道

淋过了这一场

就能多出一重入水的檀香

夜　雨

有些雨一直下在夜里

同样的无名无姓

有时候是叮咛或提醒

有时候是倾诉或疼痛

更多时候，它什么也不是

仿佛从未来过

如果不是窗外的灯火

如果不是灯火里摇曳的枫树

我甚至都能忘了

我不是一块淋雨的石头

雨落了

夜深了。睡眠是浅的
在遥远的窗外
是思念的雨、突然的雨、急切的雨
以及落地的雨

今夜别有不同又别无二致
但我总想起那样一个夜晚
繁星缀满天空
我们挤满大地
晴朗、风微、欢喜

在西塘

这是一种乍见欢之后的偏爱。在西塘，我想不出

得用多少水幕，才画得出一幅烟雨长廊

得过几座桥，才能追上这流淌的欢喜

得用多少扣子，才锁得住一颗向往的凡心

回来的路上，我想不出，又得用多少形容词

才能为一段记忆，写出永久的断语

在周庄

是不是水一样的生活

才有水一样的日子

在流水的季节

我们用汗水纪念流水

对流水保持古旧的深意

我们远道而来

穿堂过巷

路遇观望的人群

唯有面对着水

同样穿街过桥的水

才有一片湛蓝的天空

为自己俯身

月牙泉

十年以来

这是我第三次看它

午后的泉水

粼光中有更深层的平静

它让人相信

有物自地下而来

应是上天的赐予

有物身寄黑暗

仍有不愿自晦的光

这光芒

在古老的敦煌

是广袤沙漠里摆动的芦苇

是清亮悠扬的驼铃

也是一切

有了形体的无状之物

被赋予的审美

无名山泉

一根水管伸进裂缝

一条细细的水线淌下来

一座山的内心深处

便有了潮湿直接的表露

这应该就叫大自然的馈赠吧

比起净水器层层过滤的水

这杂质更多的山泉

更能以无名的立场

获得某种信任的加持

人们用它熬粥、泡茶、和面

偶尔也用它，冲服几片

治愈身心的药丸

你看，即便山水迢迢

不相干的事物，也总有相逢

而接水时还能想到的是

无论它嫁接入何物

都会是生命最质朴的一部分

探　鱼

就像看一条假装晕倒的鱼

我也用七秒的记忆

搅拌一缸不带草的水

没有风，等波浪自然平静

它开始摇头摆尾

而我转身，不动声色

就像已经见过

美好是一种液体

是否会有那样一个黄昏

我们手提自己的爱恨

在深山的井场

尽一个石油人的本分

飞鸟落下来时

已不艳羡头顶之上的事物

因为地上早有了新的坚持

晚风吹拂的时候

已不拒绝虚无的淤积

因为美好作为一种液体

已具备构解故事的能力

所以给时间以无用的欢喜

所以给自己以无用的真理

待收拾好一切工具

油会在罐里

因沉淀而自我过滤

风吹走的

风吹走的，心会带回来

别想着物我两忘

无非是你压下了愁苦

我掩埋了鲜活与爱

无非是手里的砝码越来越轻

换来的物体却越来越重

无非是一根烤红薯的快乐

有了太长的反射弧

无非是翻过了这一座山

歇歇脚，还得继续赶路

终究，风吹走的，心会带回来

无非是带了多少，应不应该

春风已足够

到了这个时间，阳台上的兰花

就开了。窗外也慢慢有了零散的鞭炮声

人们行色匆匆，想迎头赶上

一些旧事被重新提及

几句俗话被反复念叨

到了晚上，灯火深处

少不了吃完酒的李白和月亮

待我漫步在嘉丰上城的院子里

更不用去想暗藏的心愿

天上繁星点点，大地上

春风已足够，无须加持

白狼城的风

现实常常是这样的

一个人和一颗星星，相互着迷

一个人和一阵幽风，互生安慰

每隔一些时候，我们还想要

继续听听雨声，静看漫天云彩

去遥远的地方，相逢些熟悉的陌生

或者，用无用却美好的语言

卷写一封泛黄的旧信

描述一个星空冷寂的夜晚

现实也往往是这样的

我们反复攥紧手心，却只能远远观望

我们渴望同行，身后却时常空无一人

我们空持懈怠之爱、疲倦之心

却没有跳脱之身与逃离之路

内里成为悬着的一只空瓶

如流逝的时光一样

所以我们愿意，在循环之外

用坚韧替代琉璃，放下替代抽打

待有人相伴而行，也愿意去往异地

看看东来西去的景，采采南来北往的风

比如九月的大理河，还有大理河的水

比如初秋的白狼城，还有白狼城的风

临场雪

我沐雪多年，晨见

还是止于银装素裹

黄昏，空却于一杯也无

到了晚上，夜归人的猜想

是怎么也消不掉的叹悟

这万树的梨花啊，或无香之梅

总是困顿于尔尔之述

但总有人浪迹其间

如今，它又来重建我的方寸之地

天黑前，我将拒于用词

感动最深时，更愿意沉于

耳边隐传的隔世琴音

这琴音深处，值得耗尽一场风月

这风月之外，适合泼洒改写的流言

这流言，就是雪的一生

它从天而降，执迷不悟

既耽于美，又误于自由

雪里的黄昏

认真踩着路边未化的残雪

夕阳会在雪上留下

我们长长的影子

它们紧紧挨着

也不说话，像我们

前来虚度的黄昏

雪里的黄昏

应该就是冬天

写给岁月的一封迟信

扉句上说：美好是一片荒唐的雪地

而正文辽阔，多是金黄的消息

只有在结尾，有寥寥数语

写到了中年人左手空握

雪水已从指缝间漏尽

第三辑

知今日

独立事件

对着落日写诗，一定要有彩霞

最好还有远飞的鸟

如果是在山顶，得再带点轻风

如此，辜负过的、错失的、思念的

都有不被删除的因由

像我和你

对着黄昏写信，一定要隔窗

要抬头见到夕阳、远山和流云

桌上要放常见的绿萝和异乡的巴西木

如此，别离、重逢和笑意

才能构成一封值得珍藏的便笺

即便永不邮寄

对着夜晚写日记，一定要有几首旧曲

这样，身体里涌动的情绪、脑海中的回忆

才有路遇状的回应和调剂

待帘子拉上，台灯关闭

这长长的一夜，将不因寂静而变化

或许只是错觉

待时光落在纸上，一切美好

都会从一天的后半段开启

成全，原来也可以独自完成

春　风

这应该是世上最能被寄予希望的

风。温暖，轻柔，和煦

既能吹拂四季，吹拂黄昏与黑夜

也能吹拂落雨、轻雪和绝壁

也只有这样的风

才配得上每一场花团锦簇

才能让空寂的心房

涌出生命奔腾的声音

时间也有旧梦

是的，这个二月之后

还有一个二月

日子到了这里，便有了回声

所以三月的枝芽长在这里

所以四月的春花开在这里

还有梦洒长街的柳絮

它们都有提早的爱

这往复的春风也能让人确定

时间也有旧梦啊

尽管重温的颜色

已变幻了另一种风情

逢 春

蔓枝的草木都是春天的样刊

山河为底色，云雨为封面

被风吹拂的天地

一切又回到了深情的从前

我们再一次将童年、青春和山桃花

一一经过。仿佛每一次邂逅

只是久别重逢。仿佛再见

不过是为一句别来无恙的问候

这个万物复苏的季节啊

承载了多少希望和温暖

又将多少更迭

一点点还归了时间本身

一封春天的挂号信

可以装进去杨柳的飞絮

攀爬的藤蔓

纹理日渐分明的枝头

红梅树上附赠的黑蚂蚁

但要留下守旧的庄园

出城的紫叶李与山桃花

待素交循迹而至

路边、河岸、山涧与黄昏

别处、客居、异乡与故地

还要留下空怀的思绪

是爱吗？还是恨的另一种循环

黑色的字句，雪白的信笺

素描的信封和尘封的开口

它们在春天重新融合，指名道姓

它们分理内外，薄幸而无辜

只有写信者知道

有多少时候

信就在路上

却下落不明

春天的情话

在春天，不要只看花开
还要对着春风，说无尽的情话

无论是早晨还是黄昏，我们都要再遇见
然后相约在春风里去看星星
有时候星星是你的眼睛，有时候啊
星星就是你，那个久别的、沉默的你

你就在风的另一边，所以我让风捎去一些话
它们刮啊刮
一会儿南一会儿北，一会儿轻一会儿重
尤其是有光照的时候，相信你总能听见

这个春天为我们而来

来吧，让我们一起飞到高空

看看热爱的这个世界，那些城市

村落和原野，包括北方

大片残雪覆盖的麦地

这个春天为我们而来，是的，为我们

生命枝头，会看到

奔跑的绿色，蔓延在冬天的影子里

这让我们看到希望，在落地的时候

让我们重新观察一只走兽，和捕食的蚂蚁

并在湿地上印下行走的脚印

晴朗的早晨，放飞一只蝴蝶状的风筝

然后写信，给心爱的人

我们为生命感到骄傲，在一枝枝带点暖意的

桃花、梨花或者迎春花旁

虔诚地写下我们的名字

这个春天为我们而来，黄昏里

大雁北归，一字儿排开

一片春日复苏而美丽的景象

我们可以背对夕阳，经过晚霞

我们当漫步时光，等待月亮

春天深处，充满了大号的幸福

这正是恋爱的理由，请给予吧

面对旺盛的生命气息，一个女人

用她的细心和温柔经营着春意

同一片天空下，还沸腾着

曾在冬天离去的期盼

期盼萍水相逢，期盼一缕炫目的光线

期盼一个小小的我，以及大大的我们

永远生活在春天，多好啊

一个没有遗憾的开始

一个没有结尾的续集

都是为了春天，而春天为我们而来

看看，幸福和愉悦在空气中正忽隐忽现

好久不见

几滴春雨落入

一条青石古巷

立刻就有了画外之音

连过街的晚风

都听得出来

哪怕另外一句

随雨的问候

出口良久

已不带颤抖的尾音

清　明

唯有这一天

预知的雨水会纷纷落下

接续的香火会四面升腾

唯有这一天

思念在地上拖泥带水

告别于地下潋潋无声

而来往的路上

都是为人间送行

对　视

在五月

随雨轻吟的夜晚

轻易就能想起你

想起那条无名路

路上的牵牛花和冬青

路旁草坪上踩出的便捷道

和一个醉唱《水手》的人

多少年来，这零落的场景

都重复在我混沌的脑海中

一部分反复拓印，不能治愈

另一部分随时而走，日渐模糊

待虚构的铃声再次响起

当事人与旁观者

两个降维的局外人

虚无中对视着自己

片　段

是离别，带来别样的黄昏
是等待，赋予漫长的夜晚

同一片天空下
为什么总是怀念那些
不含深意的片段

那时黎明仅仅指代天亮
朝霞和晨露、麦地与蝉音
也还没有多余的隐喻

待我们重回六月
孤身一人，在屋顶仰望星空
不会有人知道
我多少次在星光中看着你

这深沉的夜、无言的夜、重逢的夜

静谧给予我们安慰

也拒绝我们乌有之乡的沉沦

端午的流水

又到了这个时间。阴云积聚
江水滔滔，但我们仍会相信
天上地下，都有流动的悲悯
水底的抱石，也有成全之美

多少年了，我们还会探着头
在流水中找命运。每抛一物
便确认一次生死，每得映照
就在心中给予一次深沉祈祷

是的，流水分解日子和秘密
也会给予成长的疼痛和安慰
待我们坐观风雨，滚滚红尘
已消散了历史的童谣和谶语
待我们静悟风华，万里河山
多的是不屈峥嵘和朗朗回音

近　秋

时间还不到

就有叶子黄了

它们曾早早生芽

如今又要匆匆落地

这急促的一生

在漫漫路边

见识了更多的清冷

却没有熬到

一场乍寒的秋雨

仿佛从长大

它们就在研究

如何让自己

预兆出一个秋天

如何让自己的落地

让秋天开始变低

秋　天

去云端，提醒做梦的人
留下那些翻山越岭的爱

去吹风，告诉自带悲意的万物
一定要过滤远道而来的伤感

大雾弥漫人群，你我并非隐藏的叛徒

为什么是秋天

每一片落叶都有落地的悲伤

吹过的风，也都有着身的寒凉

是什么给了语言之外的假象

又是什么迟迟都不肯应答

一段关于爱恨生死的非物质真相

有多少次，在贵人峁的山梁上

四十岁的野心放生于惆怅

一些沧桑而丰盈的细节

却反复托庇于无人的荒野

也只有那个时候，才能让一个

孤立无援的自己，为自己加持

黄昏来时，看落日与飞霞

夜幕降临了，凝视深邃的星空

还会想着去当个追光的孩子

在奔跑的路上静默

一遍遍确认那些无用的欢喜

遗忘曲线

昨天上午的爬山虎，又红了些

几片入秋早的，过于庄重、深沉

已从栅栏上滑落

昨天下午的雨丝，已不再缠绵

它们逐渐消瘦、虚弱，风一吹

大地上便露出残留的憔悴

昨天晚上搭乘的地铁

出行的人还是同一个人

他绕城半周，出出进进，不露口风

昨天这一天，人们还是事无巨细，一秒一秒地过

岁月提供给人间的，不多不少

但从来不能满足

不可违逆地重复

当朝阳东升，一觉醒来，总有那么多

被命运安置在时光深处的万事与万物

与我们渐隔渐远

广义的尘世，终将归纳于

一条叫遗忘的曲线

十月谈

我并不能确认

一场秋雨的是非

想到去年十月的拖泥带水

也已不能想起细节

但这个十月

路上的一片落叶、一朵黄菊

都能让人体会到

微凉的深意

深意不可测，不可

用生灵线性的逻辑

衡量万物的曲度

和潜藏其间的节律

就像禅房里的花木

还能在香火里

继续遮挡隐瞒的救赎

但岁月与静好

已在此相互猜忌

更多时候

它们一言不发

深含某种迷幻的成分

立冬记

入冬又逢记者节
多么新鲜的日子
某些讯息吃惊于时间
某些事物在赶来的路上
只有影子站在彼处
想给旧梦一个透明的居所

当然，能让取景框陈情的
还有昨日秋落的余温
还有绚烂过的飞叶、枯草
还有离别人隐约的呢喃
即便天色转暗
黄昏无有指向
还能从混沌中描述的
是一阕颂词的败笔
是一曲回音的有寄

在冬天相见

如果在冬天相见，没有人知道
多少情绪饱满的飞虫、枝叶
连同裸露的毛孔，为岁月关门

哪怕是冬天的夜晚
花期不在，夜黑延绵
你我会各自离开
在距灯光最远之外
我们最长的影子，仍能重叠开来

更多的时候，我们吹着冷风
抿嘴、小心地呼吸
用饱含探寻的目光，打量彼此
譬如熟悉的眉角、鼻尖的痣和
左耳的伤疤

我们不说话，也不无语凝噎

透光的眸子里能让任何人察觉

只有在最黑暗的地方

才能看见最亮的星星

独自经历

这大雾弥漫的早晨，混沌又安谧

轻风透过窗纱，送来遮天的讯息

一个房间的虚无被更大的虚无装满

一个人的虚无被八点半的鸟鸣装满

天地灰茫茫一片，没有谁远走的背影

也没有多余的象征和深意

只有天外的一束光，隐约隔山而来

没有人知道，许多的安慰、执念和孤独

一些正在被覆盖，一些将永远离开

完整的一天就要结束

大风和往事从纸面上退出

星光黯淡，这正经的人间

总是抠不出几个词的饱满

想起昨天的零点

我还饱含期待，总以为

夜黑能解析旧日孤独

黎明能宽慰沉默的事物

待到黄昏，还能假装两个人

会相爱许久

现在，池塘里倒映着我的身影

它横陈水面，屡屡试探

轻飘飘地一遍又一遍

留下惯性的问候

我再也没有余力去抗拒

这日复一日的颤抖与安抚

晚安是一个人内心的早晨

说出晚安

想的一定跟黎明有关

在这个道别的时刻

寂静一定早于黑暗

这是孤独的命运的河流

有一个行人和他困顿的双脚

还有一场路遇和一次荒凉的围观

无人摆渡，也没有拯救

当我们彼此道歉

声音要足够小

小到只有自己听见

才有足够的余力释然

自　珍

低矮的老屋还停在脑海
古槐环绕，飞鸟停歇
猫蜷在柴垛晒太阳，人们端着饭碗蹲在门口
不时把目光投向圈养在路边的羊

在梦里，故乡曾用缺水的方言
告诉我一个人如何长大，如何把根隐去

纪　录

首先，要有浅表的心

轻易被感动，轻易放下仇苦

其次要有形而上的眼睛

容易流下爱恨，也容易蓄满知性

还要有能用力的双手

能踏实地的双脚

偶尔离谱，偶尔支撑自身

最后，要有吸纳无形之物的鼻子

能说话的嘴巴、会探秘的耳朵

这些敏感又敏感的器物啊

都能触摸坚硬和柔软

都能刻万物于时间

在一首诗中

一生短暂

而日子漫长

怎么过

都会有被遗忘的心事

必须先站在一首诗的开始

成全开满玉兰花的春天

那时花与花互不相识

更微小的叶子还在悄悄生长

一群人和另一群人

也只在风中惊叹

然后要跑到一首诗的正中间

给夏天写一封清凉的短信

配上纳凉的夜晚、瓜果

配上满天繁星和被哼唱的民谣

等车马走过七月

便为美好留下可填补的遗憾

继续前行

就躺在一首诗的结尾里

看秋风起

白日一天短过一天

待到黄昏日落

摸摸手边的陈酒和新曲

期盼某个突然而至的访客

能一起回忆往昔

可以对一个个偶遇

做最直白的解密

时间太轻了

今晚的雨别有不同

更软，像婆娑的梦

隔着透光的窗台

孤独轻易就连通了它

所以时间太轻了

瞬间就飘过我们

隔离的心

和一场场旧事

所以时间太轻了

水花散落一地

思念长出破空的根须

寒风的长吟

抵消着旧日秘密

所以时间还是太轻了

当它终于跑完我们

只余二十一克的重量

哪怕用尽全力

都等不到一场特别的雨

故　事

一些字词落在纸上

就成了证据

可能是一张自画像

可能是一场人间焰火

更多时候，是待定的

掩面自留的问候

人生无非是用白纸

框定不可言传之处

无非是用黑字

渗透日子和根底

但最让人纠结的

是某天结尾

纸面大片留白

不对称的二十行诗中

我会不会也成为

无明显标记的两个字

宿　命

依然具备潜力

但即便人到中年

还是死不出息

依然期盼明天

但每一个疲倦的当日

都带着旧货市场的气息

奔波的路上

一遍遍虚构着勇气

一遍遍弥补着善意

这么多年过去

我们仍旧做着卑怯的自己

星辰继续笼罩大地

大地记录着宿命的咒语

回　应

短暂的黎明大于黑夜
绚烂的黄昏胜于白天
这些风情的判断和承认
刚好处理最简单的质询

晚风吹落日的余晖
灯火守长夜的安分
这世间的美学
都是心里溢出来的宁静

是的，万物都知道
也必须去面对
某些微妙的不同
它们会在同一个人面前
主动献出隐性的回应

出院词

终于，还是写到了这里
一个被反复修正的词
一个被反复强调的发音
终于回归了本来的轨迹
我要出院了

这些日子
有突然的觉悟
也有繁复的叩问
和暗影

死亡只是归宿
或许吧，很多人都这样说过
我们多么需要一场虚妄的安慰
又多么需要一次真正的觉醒

待手提药包和病历

复看人间烟色

空山新雨，鼎沸人声

都有不同于往日的情绪

黄浦江边

这是一段被江风吹拂的时光

秋天依旧徘徊在岸上

黄昏仍在渡口继续分享

拍照的人，飞翔的鸟

为天空和大地留足想象

整个下午啊

这些流动的、固定的、自带声响的

事与物、情与景

像极了蜷缩中抬头的小猫

它望向谁，谁就成了归宿

它轻轻叫一声，日子就慢了下来

这多像我们的日常，那么美好

我没有一万种黄昏

天有万万束光

照山川、河流、城市与乡村

照蚂蚁、大象和人身

每一束光从早到晚

都亮在别人的世界

它们笔直、柔和，容易隔断

像我一直没有的一万种黄昏

适合想起、放下、扩散

然后沉入无边黑暗

黄昏寄

晚风也当是个旧物
和那天的一样

所以谁也不应该站在原地
去等未开的山桃花
去闻某种药引子状的气息
去拾捡落日余晖
尤其不应该，让漫天星辰
早早垂下熟悉又抚慰的光环

思念在此刻，当是久悬的心
面对着飞鸟追云
涌动出非鹿撞的慌乱

路口往右

必须确认，这不是离落的舞台。它还有

肉身的欲望，和一口不散的白气

从一扇柴门出来，右拐，再右拐

是母亲荒凉的菜地，哪怕没有风、没有寒流

它也发抖。继续右拐

能看见摇摆的、在头顶不肯离散的云朵

云下是叶落的树、众坟头，和一个

不想哭出声的孩子。母亲总是希望我

往左。你也看见了，叛逆、任性

在刀斧的人间，最后只能留下顺从的右转

我向右的习惯啊，是多少次左转的失意

如今，路口往右，在冬天

还没有一间能遮雪的草庐

也等不到一场飞过来的春风

流　年

那时候，玉兰花开得正烈

它们之间不远不近

留足未来遐想的空白

现在想想，那些裹着冬衣的旧识

是不是也和我一样

在某些空处想念着一个春天

应该是的

我们都是越来越慢的事物中

最不禁念叨的那一句

而每当一个人开口

便会有一个人离去

在那片留守的林子里

藏着沉默，藏着快活

藏着许多不知名的秘密和答案

离出口最近的

是几株高洁的梅花

时　间

聊到过去

二十年了

争执都成了笑话

那时候谁也没有想到将来

想到那么重要的事

会变成饭桌上的话题

待我们为觉悟举杯

不知怎的

想起早上吃过的一粒药丸

它治胃病，主调理

它的反应同样需要时间

代 码

落日是黄昏的代码

它不曾抗拒晚霞和飞鸟

也就不曾抗拒相遇的美好

星星是黑夜的代码

尤其在大数据时代

天象也有格式化的解读

黎明是希望的代码

梦在孤独中徘徊

有时自带寓悲于喜的修辞

白天是真实的代码

人们在阳光里修行

却遍布离尘之心

如此来看

时间总能替人间做出表达

所以风应该是生活的密码

无有来向又无处不去

有时也分个轻重缓急

确定之时

所有人都知道的

时间总能改变

关于事物的认知

也能通过种种

不易觉察的方式

重构真实与虚无

所以面对中秋的月亮

我们仍当抱以

多年前的纯净

仍当用一颗游离的心

许愿于夜山之上

即便已可以平静地说起爱恨

月亮也已用流云遮起自己的光辉

临窗帖

所有临窗的位置

都有相似的旁观

孩子的奔跑，成年人的行色

都是隔音的哑剧

只有冲天而起的梦

能接住时间散乱又微凉的雨

一想到此

便有额外的苦、经年的痛

在记忆的深海里起伏

伴随着的，是命运的奇迹

和细微处的悬空

待夕阳又一次西下，黄昏西来

玻璃散射出暖色的彩光

杯子里未尽的蜜水、倒影和长勺

终于不再是静物的样子

时间的拟态

时间流逝

在办公桌的金枝玉叶上

在文件柜的水竹根部

在窗台长寿花的繁锦间

至于条柜上的绿萝

和沙发上聊天的人

一直缺乏足够的耐心

水壶口的蒸汽

电脑上变幻的屏保

都有别样的深意

只有傍晚和晨曦

这磨人之所

常常会有无人的沉默

而深沉的夜晚

才需要诵读者的定义

多年以后

从一座山到另一座山

能做的

不是看自己留下了多少跋涉的脚印

而是等一阵微风吹过

还能想起叶落、花开与鸟兽奔走

想起站在山顶

那些非虚构剧本中

被演绎的举动

从一条河到另一条河

能做的

不是把自己当成一滴落水

而是盯紧一朵朵流逝的浪花

盯紧一个个隐秘的漩涡

那些入河的水

其实是时间洒下的雪月

需要确认的是自己

是否做过一朵逐流的风花

多年以后啊

还得是初来人间时的模样

说话一个字一个字地带着岁月的拖音

眼神里藏着被时光宽恕的光芒

第四辑

夜与夜

夜的形容词

光在这里

是一片一片的

更多时候

黑暗会像个局外人

但声音会一再放大

能听出风与云的翻动

能听出脚步，虫鸣和呢喃

草木弄于婆娑

万籁静于渺小

只有你来了

整座城市

才会不止于倾听与呼吸

找月亮

明明是有月亮的

我仍想找到它

看它入梦、回乡

看它在群星闪烁的夜里

忽然出现

忽然看我

我们交换彼此的光

多少年了

它还和以前一样

还我以无偿

一种不可描述的

这莫测的夜

并不因为我醒来而更温暖

窗缝中的灯光带着喘息的声音挪动

眼睛眨一下，它便动一下

这种交流，总让我感到深处的寂静

和不安。我总是怀疑

每个这样的时刻，都是灯光刻意地

给予某种向外的暗示

它让我轻易地看穿黑暗

也执着于方寸之间

睡前的留白

还是要想想

这一天的知遇与未预

灯火已熄，四周趋静

细微的、忽略的甚至遗忘的

被深沉又深沉的空寂

一点点放大

这会让我感到

身处人世的荒凉

也会让我感到

伸手不可及与无能为力

自由的气息里，如梦似幻

那些只有风知道的温度和秘密

那些只适合留存在纸上的故事和声音

以及那些分不清爱恨的非分之想

都带有一种不相符的美

小悲欢

听完这首《错位时空》，那些应景的
万物，都带上了寂寞的回音

就这样吧。风不醉人，酒不醉人
无名的夜里，寄情又寄情的月亮
也不确定将光亮都给了谁
银光闪闪的小道上
悲欢如灯下的影子
在余生的叹息面前
也无非是多加了一个"小"字

夜过群山

火车在夜色中疾驰

眼睛已捕捉不到真相

但我还是愿意对望窗镜

在这里时光又快又慢

镜像交叠沿路的灯火

两个我并排回返

飘散的思绪成为一个个替身

有的代我告别

有的代我远去

而大多数都穿越了年代

只有最后一道

留在车外，陪我自己

对　应

许过的愿

不知落到了

哪些星辰上

当我抬起头

这一颗

还有这一颗

好像都有缘

尽管叫不出名字

但我知道

它们已关照了我

许多年

替　代

祈祷、祝福、纪念

它们都用光芒来回应

我们凝望

这茫茫夜幕

宏阔、漫长

像我们的爱恨

需要用一生

去诠释某种替代

陈述之语

吹晚风，望星空

感怀流逝的旧梦

在不能替代的美好里

这是其中一种

与这世间保持触觉对立的情谊

这无人的山上

倾诉并非最初的定义

原谅确有肯定的属地

读一封回信

一个人从星光里

来到我们中间

读一封情绪温暖的回信

带光的口吻

最符合突然炽热的心

还有熟悉的口音

它们冲撞我、安抚我

像母亲还在的时候一样

听一条河讲话

星光落在河面上

它就有了天上的秘密

待它从门前流过

岸边的拴马桩也有了立场

还有什么故事抵得上一场面对

这风吹的夜晚

静谧的河岸

值得多少人低下头来

探看一条不论去向的无名之河

听它的一面之词

听它讲流水的话

唱流水的歌，跳流水的舞

用流水的样子

凭吊沉溺者干涸的一生

夜宿早稼村

能在更远的地方听蛙声

就别守着一场人多的篝火

能坐下吹风、看星星

就尽量不要在酩酊以后

用复古的时刻

去概括，去讲述

包括被人触摸过的夜色

包括一轮明月雨后具象的欢喜

包括一个梦和另一个梦的相互消磨

夜宿德令哈

茶卡盐湖以西

戈壁也一直向西

草原不断向东方

无边黑暗笼罩宿命

进而指引我

乌兰、柯柯、尕海

这些无名的城镇

可能都缺一个深情的姐姐

用来记忆

一想到此处

不由得心中戚戚

我们该如何让一个字

象形中自带会意

又该如何让一句话

悲悯里自带舍取

无人告知我

但灯火中的德令哈啊

应该需要一个写诗的人

应邀前来

去完成剧情的预设

召　唤

星星统计过

在夜里，我抬头的频次

是多于白天的

该是如此。总有一种召唤

不止于浓墨涂抹的空白

比如雨幕中的路灯

如纱般游走的流云

雾化的月光与迷幻的月亮

远飞的萤火虫和眨眼的星星

凉夜迢迢啊，尤其静下来的时候

尤其是在一所古老的城市之外

对光的追逐，高于自我

高于日落前的谦逊

夜 行

每一段幽寂的路途

都该有一个如我般胆小的孩子

大声歌唱，大步奔走

尽管夜色笼罩，万物影射人间

而我们深深觉得，自己更贴近神佛

深夜相逢

深夜归家，贵人峁的路灯还亮着
在深沉的虚空中，它们是最近的星星

我和我的影子席地而坐
面向新城的东北角，位置那么高
静静地俯瞰，夜灯才是一座山城最深的玄幻啊

没有什么能阻挡隐匿的狂想和做派
尤其是这无人的黑夜，春风作响的黑夜
哪怕出走半生，也能再一次与自己相逢

留白之夜

观景台上的几盏路灯，还是那么亮

就近的树枝，像月桂，显于云盘

再远处，是无名的夜黑与遮掩的阴云

这阳春之夜，一条灯火之路回应着

高处的光与更高处的暗，是当下

近处的影子与远方的虚幻，也是当下

这有形无状的轮回，这规则又不息的重复

都是时光里，有意无意的相聚

意起是导语，思念是旋律，幻象是命运

一个人不紧不慢的脚步，是心的注脚

只有安静，空旷而巨大的安静

才能抵达滞留在风中的存在

溢出自身的那部分

已融入虚空中的印记，它们不分南北

胡乱散去。它们将守住刺客的秘密

它们将以温暖的沉默，帮一个夜行者

反复留白，待回忆重新记起

停　留

夜晚十一点，月浸水

春天的最后一束牡丹在路口

继续生长。旁边是一个人的天桥

桥下是操劳的车流

整个车流飞速向我问候

难以确认

这些一遍遍碾过身体的车轮

是不是也想留给我

两行无人知道的隐痛。或许不是

它们不过是躲入我眼中的

一片片雪花、一点点风沙

左边间生死，右面分阴阳

像傍晚刚刚入山的余光

又像几粒入土已久的种子

当我潸然泪下

便反射出另一个人

模糊的影子

夜雨观澜

它们引我为知己。夜色苍茫
尘世种种已不再重要
身处灯外、窗前，雨落之地
满是顾念的纹理

这样多好。风带着雨，雨带着呢喃
和我保持着深深的敬意

有多少个沉默的、沉默的夜晚
那些肆意的、肆意的关联
涌上我空洞的方寸之间
多少人和事，跋山涉水、来来去去
而我醒后大口喘息
一滴汗额头颤抖，将落不落
像在等待今晚的风，等待将它化雨
然后降落知返的人间

黑暗让孤独更安静

黑暗让我更孤独，孤独让我更安静
安静，会让黑暗更孤独

那个玩泥巴的孩子
那个写美术字体的老师，那个柔和的眼神
还有童年、故乡，以及一场未被融化的雪
一棵树、一只鸟、一条狗，一辆被拆卸的自行车
一块未立墓碑的坟地
纷乱的旧景，未知而局限的回想
连同灯火一起沉浸在黑夜里
我安坐一隅，手握一盏清冷的茶杯
水面静止，不起波纹

无眠夜

天色已晚，人们大多都已睡去

那只流浪猫按时出现

尖厉地呼唤着春天

一声短、一声长，一声连着一声

没有呼应，但应该还有一个听众

天色已晚，万物真的静默了

只是有人还醒着，透窗帘而过的路灯啊

让人眼前一片越发光亮

时间是玄妙的设计师

形与状都在它加持的眼眸里

天色已晚，黎明就要来了

外面逐渐有了车声、人声

一支笔开始以动制静

它能记下内心的虚荣和外在的空幻

也能沙沙作响，演绎出一场别离的哑剧

梦醒时

是突然的曲子，是久远的音调

召唤了我，和我的梦

虚设的良辰，空许的诺言

不敢让我们轻易地说出

那些分离的话语

有多少个相似的深夜

我写下过拒绝的诗行

却又一词一句

改回到黎明的模样

致九月某夜

深夜静寂，光影漫延，空阔伴随其间
这漫长又漫长的秋夜
是我一直等待的
止咳之药

那些远去的、曾被反复触摸的夜晚
那些生怕被惊醒的、曼妙的呼吸
那些被暗光加冕的、真挚的脸
它们都能感受到每一次相见
带来的心安

就是这样，一切又重新涌来
每一个细微的、细微的动作
都带着动听的滑音
每一个回忆的、眷念的碎片

都能找到合缝的瞬间

梦和梦终会相互覆盖

往事和往事

也终将成就一个被安慰的今天

失守之夜

午夜时分，窗外的夜灯熄了

几只飞蛾开始抨击窗棂

黑暗放大了声音

声音放大了寂静

寂静放大了沉沦

如果有一种主题叫失守

那一定是在山上，在山上空寂的小屋中

它会让一个人对月时想起时光

也会让一个人守星时忘记成长

这漫延又难辨的黑夜里

惆怅就是一个人的心事

只是无人在场，所以淋漓奔放

除夕夜

窗子要留缝，要拉上帘子

风一吹，就能有一些属于季节的气息

从脚下冲到床上

可以不开灯，放一点喜欢的音乐

安静会有弦外之音

静默会有无状之语

日复一日的平常

也会有舒展在夜色里的根须

我愿意遵从每一种随性的结局

我愿意自我修复，与自己并排平躺

表达一点被构图忽略的情绪

除夕夜的电话

这凉薄的小树林

已不存一片叶子

时至今日，招风的

只有抖擞的枯枝冷干

就在林子里回旋的砖石道上

给母亲打电话

讲述她从未遇到过的疫情

讲述前几日刚刚落地的那场雪

讲述孩子的学习

还有那些与过年相关的事物

比如手写的对联，如旧的莲菜饺子

这些干涩的消息

讲起来总有些沙哑

冥地毫无回音

我知道的

星空冷寂，并不适合高语

但有一束光，隔千万里

能呼应、能照拂，能给我

大于时间的抚慰

雪　夜

凌晨三点，从睡梦中醒来
想起来时的路
想起远方，想起诗
想起更年轻的你、你们
以及中间青涩的我

那时候，还不会为一条风雪的街道叹息
不会在灯火里，寻找三三两两的星辰
隆冬的风，也只是刮在空旷的地方
而一本书拿在手中，还只是一本书

如今啊，一首老曲子循环播放
我也无法确定
哪一段旋律里含着黎明
窗外，是真实的夜雪
它每每瑟瑟而来，却从不误场

第五辑

沉影之心

一个人给自己开诗会

搭台，配乐，带主持词

傍晚的火烧云做背景

提前的晚风当听众

栖枝的麻雀是一首

摇摆的草木是另外一首

山谷中的回音

是二重奏

蝴蝶过来了

就朗诵地上的野花

看见了蚂蚁

就念叨一块刀石的归宿

待夕阳低过几棵槐树

诗会在斑驳的影子里

有更尖锐的形状

一个人给自己开诗会

时间记不起岁月的身份

岁月却有黄昏的命运

若是可以

若是可以，不要记录重逢

相信我们还可以再遇

若是可以，不要赞美初见

所有故事的结尾都已昭示其中

我们还是要喜欢那个暗喜的自己

像爱过的你，像认真告别过的黄昏

时间是能拐弯的流线

每个曲折处，都会模糊处理

甚至会重新构图、定义

所以才有多少个这样虚惊的时刻啊

明明听见了声音

那处却空无一物

明明都在生命里

却静止得像记忆

为街巷署名

临江的火，屋前小院里的星光

都是无边的太阳

入夜的诗，黎明前的老调

都是给时间的顿号

等你来了

就用透明的酒杯

抑扬顿挫的声音

和宽恕的眼神

为空荡荡的街巷

署上久未呼叫的小名

新闻写作课

这里需要一个倾听的人
点头、记录，激情处鼓掌
欣喜于自己台下的多重重要性
也欢喜于那些高处
可以被指认的知识

每一年，都认真地写下
标题要新，才有吸引力
角度要特别，才有上稿率
最关键的，人要勤奋
才能出成绩
如今，翻开这些磨旧的笔记本
文字是文字的客观
笔是笔的现实
而我依然是被涂画在纸上
用于联系往事的潜台词

车出惠泽路

转个弯

落日、云霞，还有飞鸟

这首天空的现代诗

便流露出美的余晖

它们有古典的抒情

暖中带刺的气质

它们有意针对了我

白鹿寺

一场轻柔的晚风刮过黄昏
空气里便多了旧日抚慰

所以岁月能让人相信
一株一千三百年的银杏
即使发了新枝
也还愿意留着盛唐的遗风
枯井中浮世的石造像群
即使一言不发
也能勾勒出往事和余音
而暮色中万物啊
都保有一颗受戒之心

要如一棵树般

安然不动

风来就吹风

雨来就淋雨

不用戴帽子也不打雨伞

无论什么触动

都给予些回应

如果有医嘱

便刷白漆，系红条布

尽管多数的日子

安安静静

只有春天除外

它把春天爱得那么用力

像把一簇星火

使劲摁进枯寂的身体

茶卡盐湖

有一天

我们用盐铺路

它给了思想以形状

连水都知道啊

盐曾经多么空无

如果不是面对光和热

肯定连一条白线也不舍得

他们问我感受

这趟去往拉萨的火车
只将我带到了西宁

他们问我感受
群山荒芜啊
八月浮于表面
一棵孤树悬于山岩
旁边三间小庙
也在等待一场轻雨
前来救赎

再往前回溯
是被一条河横穿的城市
水从天上来
白塔山中坐

我也曾试用两条铁索

再三阻拦

一杯青稞酒的执着

如果还要加上一条

就是这一日一夜的穿行

曾于列车上繁体的语种

听出一种万象如蚁的修行

敦　煌

还是这个旧名字

晚风吹过来

还是干燥的味道

提灯的飞天女神

即便落在路边灯架上

也有浮云去往脚底

你看啊

无论谁来到了这里

心中都能装入戈壁

放眼四顾

天下依旧黄沙滚滚

唯这里的每一粒

灼热中带着深深凉意

大地之子

是的，这是立体的沙画

太阳，云朵，沙丘

包括一条东西走向的公路

都在传递一个信息

这个撅屁股的孩子

他静静匍匐在地

是为我们的浅表之心

做出某种深度修正

在张掖

在张掖，我是那个想收山的人
抽走起伏，让它归于平静
再拿掉光泽，让它掩于风尘
最后提起重量，让它失之于勇
再留下穿谷的风，吹低处的自由
留下不想飞的云，在高处和自己成群结队
从此山将轻于死去，前来看山的人
将不再无辜。从此山将荣获一颗人心
可以轻易分辨人世的悲喜爱恨

在张掖啊，我就想做个收山的人
人那么多，一个挤着一个
如果能收走了山，他们或许就有了
山一样的处境，山一样的无动于衷

雨岔大峡谷

头顶的太阳

在这里是不一样的

曲折，斑驳

自己为自己落脚

自己替自己复活

在纹理蜿蜒的石壁上

它让苔藓为正午押韵

它让枯枝为梦境展颜

它让五千万以上的像素

深入美好的暗部

待清风撩拨峡谷

还能捕捉的

是岁月同化时间为光阴

是斑斓歌颂自然的印痕

是明暗悸动入世之凡心

爱　你

在山梁的风亭上爱你

流浪的云会摆出美好的图案

它们朝一个方向追去

在公园的树下爱你

斑驳的树影随风摆动

地上到处都有它想遮蔽的东西

在漫长的路上爱你

只要到了星辰高悬的时候

便须拿出混杂着害怕的勇气

必须爱你啊

面对这可怕的孤单与道理

还得想出普世的借口

想出命运的虚线

和随时试探的话题

爱你啊

它没有颜色

也没有什么隐藏的秘密

一个人走在人群里

他并不是自己。在深处

他是喧嚣的回音

也是寂寞的和声

他不能喊出自己的名字

他没有影子

秋天的叶子落下来

正好遮住裸露的文身

那里藏着他的秘密

人世纷纷

谁也无法辨认

论关系

我们曾经离得那样近

只隔着两堵墙，一个过道

隔着四盏灰暗的壁灯

我甚至听得见

隐约打电话的声音

但猜不出一个完整的词

雨下了一整夜

不知道有什么发生了改变

清晨醒来

还躺在昨夜的床上

我却深知

某些东西已与往日不同

远　望

谁还能给我以温柔

偶尔敲我的门

报我以微笑和问候

我们会与日子同时老去

白天上班，周末买菜、读书

在傍晚的运动公园

留下脚印和影子

每一个窗前观星的夜里

听同一首相思之曲

偶尔看到了银幕上的英雄与美人

会流出遗憾的泪

再用更多的爱

补上现实的悔恨与失去

时间会带来疼痛

我们也会越发珍重

这消瘦的后半生

愿意用顺耳的话

替代一次次的数落

也愿意将唠叨

当成另一种慰藉

待那一天到来

希望从更远的地方望去

这消于沉默的一生

可以配得上高于地平线的圆满

心理课

那一节的旁听心理课

老师曾让我们用心揣摩

并深切地告诫

现在不能理解的

终有一天会明白

是的，二十多年后

当时不能说的

生活已告诉了我

事实上

已露面的我依旧未能掌握

而未尽的却已不需要注脚

时间终能获释一切

时间终会归于心理

远洋宾馆

二十七楼的旋转餐厅

夜晚的时候最美

窗外灯火辉煌

让我们自带眩晕

七楼的标间就差了些

美降低了高度

会有消退的光

但多了凡尘的遇见和持久

只有一楼最好

大厅宽泛

人们进进出出

秋风也会在此分个内外

乾坤湾：喜欢那些久远的传说

当我在山顶眺望

还能看见一个巨人，用遮天的手

拨弄神秘的命运

他出现时

一只白玉龟身负河图

一匹白龙马身驮洛书

他身后

万千身缠草藤的先民

在夕阳下、在星空下、在奔腾的黄河边

喊出原始的天音

好吧，我还站在这里

从炽热的想象里归来

阳光强烈，山风微小

脚下大河蜿蜒

每一滴奔流的执着的水

都带着惯性的沉默

眼中的乾坤，心中的日月

都饱含人世的执着

待一片片流云经过

大地斑斑驳驳

多难得，空远辽阔开始扩充我狭小的内心

一群游者沉默不语，静慢时光

一股深沉的力量，被流水缓缓托着

深圳记事

所有潮湿的火堆都属于这里

水里养着肥硕的鱼

地里长着火属的植物

低处是高楼和

更低的人群

高处是低沉的风和

徘徊的风筝

而你在我的右手边

是我的情诗

声音在清晨并不清脆

楼道里有隐约的响动

楼下有广场的音乐和更广场的众生

再远的地方

是水和水的故旧

我终于发现，无论北方还是南方

人都和黄昏一样执着

贪恋人世的繁华与

山在众生中的正面

还喜欢美好与高尚

但总是做不到

而我此刻更喜欢这里

愿意用一张世界之窗的小票

兑换一场盛世纪

好奇心

好奇心一直驱使着我

去了解因时间而变幻的存在

比如爱，经过了自由、婚姻

最后剩下的是什么

倘若经过的是一堵墙、一道坡

冲锋的路上又会剩下什么

比如恨，经过了一座山、一座城

漫长的跋涉会留给我们什么

倘若经过了三千个日夜，三千场复盘

会不会结出更虚无的苦果

再比如死亡，经过了漫长又短暂的岁月

是不是才能发现一场灰色的梦

倘若经过了求生、沉沦和骤醒

是不是对生活有更多的否定

多么广泛的思考啊，又多么无趣

万事依旧纷纷，我们仍纠缠于无用之论

并以此，从假设回到降临

散　步

一片枫树叶

长成了秋天的样子

散步的妙趣

就会多出一种

在这片林子里

能陪一片叶子落地

并用它试着捡起

旧书中的记忆

那么散步的节奏

就会多于具体

如今，踩着自己影子的人

背对阳光，寻找散步的意义

在叶落的秋天里，怎么看

都像在告诉晚风隐没的秘密

安 慰

我不是最后一位

于风中找安慰的人

尽管在这十月的西北

已有太多人不唱信天游

可隐约间，还有唢呐之声

还有城市灯火处微显的流云

还有不小心碰触过脸颊的松枝

一切交接都带着沉默和刺痛

月亮也躲着，这无人阔路

多是深沉有异状的影子

不知道会不会有一个

突然间，喊我名字

以很正式的样子

感　觉

还是习惯用这个词汇

来表达欣赏的层次、品位

以及某种不可言说的状态

那些语言未尽的地方，用它

那些触觉能衍生的极限，用它

那些生发枝蔓和温度之处，用它

"缺了点"作为前缀来定义不完美

而"真好"作为补语，多有肯定的语气

这些细密又绵长的降临

是瞬间，是初始，是直觉，也是判断

它常常带着流水的质地

是明亮的小悲喜，是隐蔽的小触觉

但更多的时候，它呼啸而过

一点也没有停下来的念头

孤　独

她说孤独是每次九十五公里的自驾

她说孤独是相册里的一张张自拍

她还说：孤独是一个人的聚餐、观影

是透窗看着太阳，和月亮一样的冷

是每一首曲子里洞见的自画像

是我在浇灌各色小多肉时

其中一滴将落未落的流水

它挂在淡青色叶片的尖部

让一个人不规整的对影

一直望我，一直望我

想告诉我，这是自由

平常心

每当再回故乡

走进大门，就觉得母亲在笑看着

停用的灶房、正对电视的炕沿

每个转身视线的前方

等等。一直觉得

她不是回返，不是离开

也不是睹物的错觉

我们都留在了原地

我继续成长，她保持当初的模样

想　象

超出想象的部分

是星辰的幻影

而人间最大的悲伤

就匿于星辰之上

所以打小

就喜欢夜望星空

喜欢闪光的事物

也愿意用一生的时间

去寻找，去跨越

无法用脚丈量的秘密

雨、雪、雾、露

这天降的赠予

也总能让人触动

只有很深很深的夜晚

才知道，有多少时刻

世界单薄得

像只有夜黑和自己

交 换

越来越善于诉说

至于倾听和安静

可以留给一座山、一棵树

或者一只路过的蚂蚁

如果有需要，还可以留给

春日的桃花，夏夜的过堂风

秋天的落叶，冬时的萤窗雪

留给山顶的黄昏

留给屋顶的漫天星辰

在某个时刻、某个地方

这一场场虚谈

可以获得另一种交换

救　赎

这世上，总有些事物

为他物张目，为他物流泪

用自己滚烫的内心和热流

疏散那些容易散佚的爱恨

但真正难解的

是万物本身

是自带的悲悯、冷漠

他们常常无所适从

也常常得不到迁就

但总能，以自己的方式

愈合旁观者的伤口

读诗的最后一句

除了开头，最喜欢做的

是先读诗的最后一句

往往多余的，不止一个词

而少了的，就是站不稳

更多时候，它是用来自圆的

一个字一个字地望过来

教我欢喜、落泪、思考

教我如何放置最后一块拼图

以便于，落人口实

并用防备的语法

遮住不能露的马脚

放　下

是的，都愿意放下这左右为难的
伪装。清晨的铃声，和昨天一样的清脆而讨厌
上班的路，永远让人愤世嫉俗
办公室里的吊兰，也总是那么倔强地
不肯开花。电脑背景图中的山河、旷野
依然那么令人向往

但日子从不在意

是的，还愿意放下这筋疲力尽的
幻象。流水的光阴、璀璨的星辰
总能抚慰躁动的灵魂
漫长又漫长的夜晚，滚烫的热泪
总是藏着世上最老旧的剧情，和一个个
总想出走的影子

人间从来只有真实

何必呢！愿意就愿意，放下不曾举起的
屠刀。愤怒和欢喜一样无味，困苦和繁华一样无味
当想起往事，叹息里
多的是炙热的酒杯，和被弹唱的破旧的余音

总想把自己比作一种事物

总想把自己比作一种事物，比如风
刮过三月的春天
在美好的时节
遇到桃花、梨花、玉兰
一边散发醉人的情毒
一边拒绝放荡不羁的爱恋

总想把自己比作一种事物，比如水
一滴从寒冰中重新融化为液体的水
从容地享受风、阳光和温暖
在缓慢的节奏里
将自己发散在一小片天空

总是想自己比作一种事物，比如土地
栽种向荣的麦子、玉米和土豆

空处长满琳琅而无名的野草野花

愿意轻信麻雀和青蛙

也能一直沉默着

总是想啊，这些意象中的事物

像谁又不是谁

悲伤的时候，会势单力薄地硬挺着

欢喜的时候，也有不合群的冷漠

习　惯

习惯头顶，有一颗对称的星辰

可以放心地仰望、许愿

不论遭遇了什么，即便身处深渊

也能身披它指引的微光

习惯床边，放一支离别的笔

写大树、蚂蚁，写这么多年

劣迹斑斑的日子和

留在人间的告诫

习惯心中，装着一个村落

可以侍弄庄稼、操持果园

可以随时召唤一群晒太阳的人

念叨念叨因耕种而皱纹横生的岁月

再聊聊那些童言无忌的大话

习惯找不到北，但能分清左右

习惯一个人，分身无数

自己为自己做伴

还习惯在无人的空处，摸出一根久置的香烟

然后看着烟火迷幻的红尘

吞吞吐吐、反反复复

用无关痛痒的事物

结下俗世的善缘

寂　静

大概了吧

寂静里总是能想起

那些方外之物。这些守旧的

近乎枯朽的事物

应该就是关于岁月的

最后的审视与遮掩

或许真是如此

寂静会让我们往寂静的深处探索

会给我们光、给我们灵性、给我们虔敬

甚至会给予喧嚣、熙攘、欢闹和丰富

以对立的质感

会给一个词、一个断句、一个眼神

反复的留白和空间

但寂静不是云头雨，不是平地风

不是沙漏，不是声音，也不是黑暗

它有沉郁而向内叩问的奇点

也有忘我而向外扩散的光环

最重要的是

寂静笼罩了哪里

哪里就定生一片菩提

宽　恕

你看，结局往往是熟知的
现实和梦幻相差不远
伤心人遇沦落人
失望者爱灰心者
夜雨总能打湿一些蓝色的梦
而晨光，对于更需要的年轻人
往往遮蔽在窗帘之外

那些失去的、遗弃的
终将相隔苦海
那些迷恋的、热爱的
待某一天再回忆起来
不过是头顶一根白发的苍茫
时间将宽恕我们，我们将宽恕时间
只有万物相互催促
历久弥新

到鲁迅文学院

总是懊丧：从来处去，从去处来
一场微雨和夜色，与不搭调的北方
卸去伪装者的指南

很多时候，一些久违的景象和声响
会突兀而来。它们旁若无人
爱深沉，爱迂回，爱一个人的静默
也爱一个人最真实的脸
在三月的尘世间，唯有玉兰花的色彩
能让一只猫，叫出季节的声音
也唯有玉兰花的色彩，能让这浅浅的脚印
不用等到风起

现在，请收起散养的光和语言
再顺手，拿走无数佝偻的分身

笑容给你，秘密给你，天空和大地

一起给你，并允许

水在水中沉眠

风在风中自由

而火，终会化作一颗颗种子

明 悟

蚂蚁列队，飞鸟单行。最好的流云

都在头顶。黄昏用落日引导

这世间的低处，多是沉默的事物

一副烤肉架，分尸红尘

两句淡诗，巡荡风情的山谷

只有雷鼓、闪电，会放弃某个人具象的哀愁

腾空时，清亮高贵、阳春白雪

落地时，污浊低贱、下里巴人

等沧桑散去，黑暗与星空形影不离

一扇窗将开未开，一个良人回顾他的

波澜人生，他水打轻衫

遍阅人间，包括祖母的皱纹、父亲的叹息

还有情人的眼泪。归来何用

不如多用些糊涂，去涂抹过分清脆的光阴

烙　印

有一些贫穷的烙印

永远黏附在思想深处

顽固又让人心安

想起它们，就会对今天

更爱一分

相　信

一本翻旧的诗集

还能时不时泛出

几个新鲜的词汇

几首百听不厌的陈词老调

也总能在孤寂的深夜

涌出些温热的气息

但岁月从不在绝望中救赎

它会看见

一个飞翔者和他的山河

找不到承载的容器

一个回首的梦魇者

在水面上不停地喘息

但我们仍然愿意相信

相信爱，相信不可测里含着未来

也相信一种柔和的美

会在坚硬里一进再进

途　中

一棵静止的树

一匹识途的老马

一弯并不皎洁的月亮

和一个没有指向的路口

都是我的有生之年

也想和你们一样

是万物和年月

是行文中的每一个逗号

是旋律中的每一个音符

但日子从不开口说话

我更像是它多余的部分

月亮也并不让我开窗

可能一个密闭的空间

会更适合想象

天桥上

一个人内心的所有美好

突然就有了自己的情绪

只要蹲在那里

灯火和夜色会带着风月

齐齐奔来

不像喧嚣的白天

那行色匆匆的路人

每一句有意义的话

和十万句无聊的废言

都经过夜色的鼓吹

进而丰富灰暗的内心

此刻，一想到明天和未来

我和我立刻就站了起来

相互问候

天桥上仍是人来人往
大街上仍是车水马龙
永远维持在让人心安的程度

照 见

不得不说，总能被不经意邂逅

又习以为常的事物惊惹着

譬如午后，女子治沙连的落日

在烽火台上，尝试着拍摄它

和一个女人。那时候还没有明白

有些瞬间的美丽

当时值得留存，过后值得回味

假如时光会因偶然而长存

那些片段一定有故作的安慰

这些余晖知道，流风知道

此去经年，我们也都将

在虚无里，因匮乏

而反复照见

一杯拒绝的酒

这杯酒拒绝

原谅吞咽的喉咙

虽然更多时候，它更喜欢酒后的发声

嘶哑、沧桑，甚至歇斯底里

这杯酒还拒绝

肉身外在的善恶

它更关注，一个人，对自己内在的

嘲讽、愧疚和恨

是的，这是一杯拒绝的酒

诸君围坐，举杯共饮

谁从虚空坠落

谁来搬运寂寞

谁又借机觅得两股相思

从深情处

咽下悲伤的火热

生活就是你想的这样

天空深邃而纯净，而漫天星斗
和夜色一起，希望时光静止到倒流

私藏的糖果、笔头
与左右为难的春天
一起坐在人间的漫漫深夜

福神、灶王神、土地爷一起关照的村庄
已烟火升腾。得承认
生活就是你想的这样
欢喜能长出寂静的叶子
悲伤也能开出拒绝的花朵

而时间，终会留下不被拒绝的口令

鸟　市

不会一无所有

哪怕没有一只鸟
高过屋檐，哪怕没有一只鸟脚踩大地
哪怕没有天空

我路过人声鼎沸的鸟市
路过它们——

守着方寸领地，歌声婉转
看起来光艳明丽
它们还没有从神的宠物
变成人间的俘虏，没有想过，用一所房子
总结自己的后半生

去年它们还属于

麻雀和乌鸦那样的族群，早出晚归，寻寻觅觅

那时它们一无所有，除了整片天空

和　我

我和我在镜子里相见

我和我在黑暗里相见

我和我在水中相见

我们在每一个相见中

想握手、对话

想用不重复的语言

相互告白

我们还用无法碰触的自己

安慰内心、宣泄苦痛

但终究只是对自己

面对面的重复

于是又摸向影子

实体的大地，才能让人感觉

摸到了自己被虚耗的身体

素不相识的爱

过了这个月，桃花就会

盛开在三月的春风里

也仍会有人，在一树繁花下

讲述"桃之夭夭，灼灼其华"

黄昏是一样的

旧识和故园是一样的

回荡的钟声是一样的

只有影子愣在原地

于飘散的花瓣中间

聆听那空旷的回音

是的，这世间所有的相遇

都一样动人心弦

也一样浮光掠影

只有春天迫不及待

给你持续的、素不相识的爱

同学聚会

谈起过去

消失的，遗漏的，幸存的

仿佛是同一份试卷中的

同一份答案

尽管都知道

它并不标准

谈起现在

精准的，模糊的，无所谓的

都在一个时间段上

灯光照亮的部分

永远物有所指

告别的路灯下

永远是带拖延症的影子

尽管都知道

欢聚的意义

可悲伤仍无有来由

却那么具体

馈　赠

在秋天的院子里

枫叶落在山茱萸上

是一种馈赠

红叶压低绿枝

是另一种馈赠

黄昏的林荫道上

它们闯入眼底

是第三次馈赠

这相互的关系

像极了那么多深夜

手机上敲写的一句

"睡了吗"

又反复删去

饮者留名

又到了这个季节

风赶着风，光追着光

生命的气息在路边流淌

而我们别来无恙

尤其是这漫夜星火，真好啊

连同院子里通俗的轻响

都是愈合的药引

所以愿意

让这一刻的风化作水酒

让每个路标都摇摇晃晃

让五棵春树和一条拐弯的走廊

沿云路，越走越轻

让无人的秋天，荡得不动声色

只余下自己，埋头造句

如果轻风继续迎面

就饮一杯，然后再饮一杯

三杯之后，当有盛唐的景象

当有繁体的我，简化的称谓

幸存者

已到了用午休安慰岁月的时候

你看，面目越来越相似

笑容和愁苦一样深刻

连嘴角挂住的词

都有止不住的悲悯

所幸晚间的月亮和星星

仍保持着最初的景象

多年以前啊

也应该有这般的人

把自己活得不像一束探照的光

他快活、伤感，他同样执着、迟疑

也时常坐在山坡上

怜惜一棵草、一只蚂蚁

看一只蜘蛛，往返在静默的网上

他可能也是自己的幸存者

哪怕见惯了雨雪风霜

也愿意用最后的抒情

留下见证的歌唱

林边看鸟

偶尔，它们无枝可依

便在风中游荡着

过路的云，断线的风筝

都能找到相似的亲朋

更多时候，它们穿梭于

龟息的枝干，鸣叫声里

带着度世的气息

跳跃、俯冲，追逐、远去

留下春天艳羡的谜底

它们还常常执有怀古之心

是杜甫的《春望》、王维的《画》

更是李白的《独坐敬亭山》

只不过，这人间的色受想行识

有太多不能直述的深意

而一个林边的旁观者

也只能徒劳地

去想想空中舒展的翅膀

归　降

很多值得认真的事情，已经不较真了
昨天的经历和今天的遇见，已无区别
这条被反复走过的街道，翻修的地面
也总是遇见陌生人。曾经害怕的、担忧的
多来几次也无妨。但最值得期待的
还是两个人坐下来，什么地方无所谓
甚至话也不需要多说，只要还有落日、流云
或者带一点点拂面的清风，那就很好了
若是还需要什么，便加上一两只晚归的鸟
借着它们的鸣叫，静静地静下来
因为什么，到底怎样，已经不重要了

额外的

总有记忆的缺角，去向不明
总有撕裂的爱恨，爆出回声

这些容易破碎的坚硬啊
多在春天出现。另外一些柔软
一半给了曾经，一半给了天空
只有深沉的夜晚给予恒久的静默
但它有时候会移动自己
有时候希望分离出额外的相遇

一个人途经了他心中的草原

风吹、云罩，草浪翻过牛羊

来人止步于屏幕之外

他艳羡于低空的鸿雁

他沉醉于悠扬的马头琴

微浮的半坡处，该有落日中的黄昏

该有一匹白马，驮着绿色的梦和

无尽的遐想。还该有一座座陈旧的

不相邻的蒙古包，陈列在星空下

同时还有一片专用的空地

篝火里，马奶酒和酥油茶平分天下

最后出场的，是身着红袍的姑娘

她头戴银饰，手捧绿色的哈达

火焰在她的眼睛里，显出盈盈水波

谁都听不见，她的一句箴语

除了他。他如此执着

场景虚设，自己为自己预演
自己为自己迎接、送别
世间事大抵如此吧
许多故事在不知道的地方
以莫名方式，开场、谢幕
就像，一个人，隔着千山
途经了他心中的草原